um pé de quê?

Pau-Brasil

Ortografia atualizada

*Copyright © 2010, Editora WMF Martins Fontes Ltda.,
São Paulo, para a presente edição.*

1.ª edição *2010*
4.ª tiragem *2018*

Coordenação editorial
Fabiana Werneck Barcinski

Acompanhamento editorial
Helena Guimarães Bittencourt

Equipe Pindorama
Alice Lutz
Susana Campos

Agradecimento especial
Luciane Melo

Revisões gráficas
Renato da Rocha Carlos
Luzia Aparecida dos Santos

Projeto gráfico
Márcio Koprowski

Produção gráfica
Geraldo Alves

Impressão e acabamento
Editora Gráfica Bernardi

**Dados Internacionais de Catalogação na Publicação (CIP)
(Câmara Brasileira do Livro, SP, Brasil)**

Barcinski, Fabiana Werneck
Pau-Brasil / Fabiana Werneck Barcinski ; ilustrações de Guazzelli. – São Paulo : Editora WMF Martins Fontes, 2010. – (Um pé de quê?)

ISBN 978-85-7827-335-4

1. Literatura infantojuvenil I. Ciavatta, Estevão. II. Guazzelli. III. Título. IV. Série.

10-08731   CDD-028.5

Índices para catálogo sistemático:
1. Literatura infantojuvenil 028.5
2. Literatura juvenil 028.5

Todos os direitos desta edição reservados à
Editora WMF Martins Fontes Ltda.
*Rua Prof. Laerte Ramos de Carvalho, 130 01325-030 São Paulo SP Brasil
Tel. (11) 3293.8150 Fax (11) 3101.1042
e-mail: info@wmfmartinsfontes.com.br http://www.wmfmartinsfontes.com.br*

COLEÇÃO INSPIRADA NO PROGRAMA DE TV DE
REGINA CASÉ E ESTEVÃO CIAVATTA

Pau-Brasil

ILUSTRAÇÕES DE GUAZZELLI

TEXTO ADAPTADO POR
FABIANA WERNECK BARCINSKI

Realizadores

wmf **martinsfontes**

SÃO PAULO 2018

Apresentação

Antes do programa *Um Pé de Quê?*, quando eu olhava a mata, era uma mancha verde o que eu via. Hoje, dez anos e muitas árvores depois, parece que coloquei óculos novos que me fazem ver todos os detalhes que estavam turvos!

Quer ver uma coisa? O pau-brasil que você vai conhecer aqui e que é tão importante para entender nossa história é parecido com tantas outras leguminosas que você pode ter passado por um sem nem saber. Já pensou?! Ter cruzado com um vulto histórico desse quilate ou com seu artista predileto e não ter reconhecido!

Tomara que com a ajuda de nossos livros você passe a experimentar a mesma alegria que eu quando na floresta, na estrada ou mesmo nas ruas da cidade encontro uma árvore que aprendi a identificar com o programa *Um Pé de Quê?*.

Que felicidade um jequitibá sobressaindo imponente no meio da mata!

Uma rua cheia de sibipirunas bem amarelinhas!

Ou aquela paineira linda toda cor-de-rosa que surge lá longe na estrada!

Tenho certeza de que você vai querer conhecer mais e mais árvores, para sua viagem, seu passeio, sua vida ficar cada vez mais legal!

Regina Casé

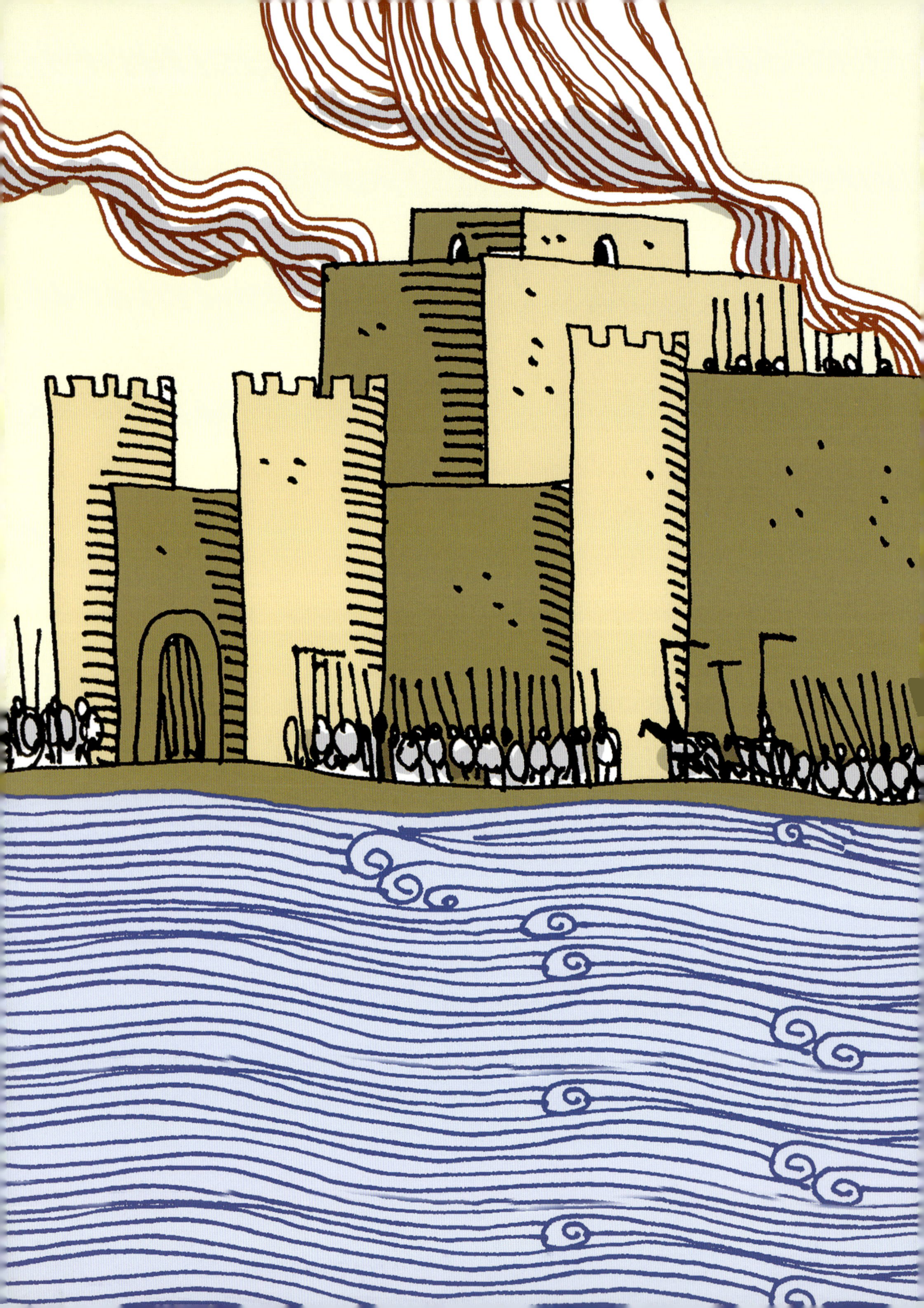

Durante a Idade Média, na Guerra Santa dos cruzados, os europeus entraram em contato com o Oriente. Novidades como a pimenta, o cravo, o damasco, os conquistaram. Inclusive a moda. De lá eles trouxeram os tecidos mais deslumbrantes, como sedas, veludos, todos sempre muito trabalhados e coloridos.

Depois dos tempos sombrios da Idade Média, na Europa, as artes e a ciência começaram a progredir. As pessoas estavam descobrindo o luxo, a cor. Os europeus se impressionaram especialmente com o "suntuoso carmesim". Compararam com os trapos que usavam e, claro, quiseram fazer igual. Para conseguir reproduzir a cor daqueles tecidos, eles traziam o pigmento da Ilha de Sumatra, lá no outro lado do mundo. Era caríssimo. Por isso, só reis e papas usavam vermelho...

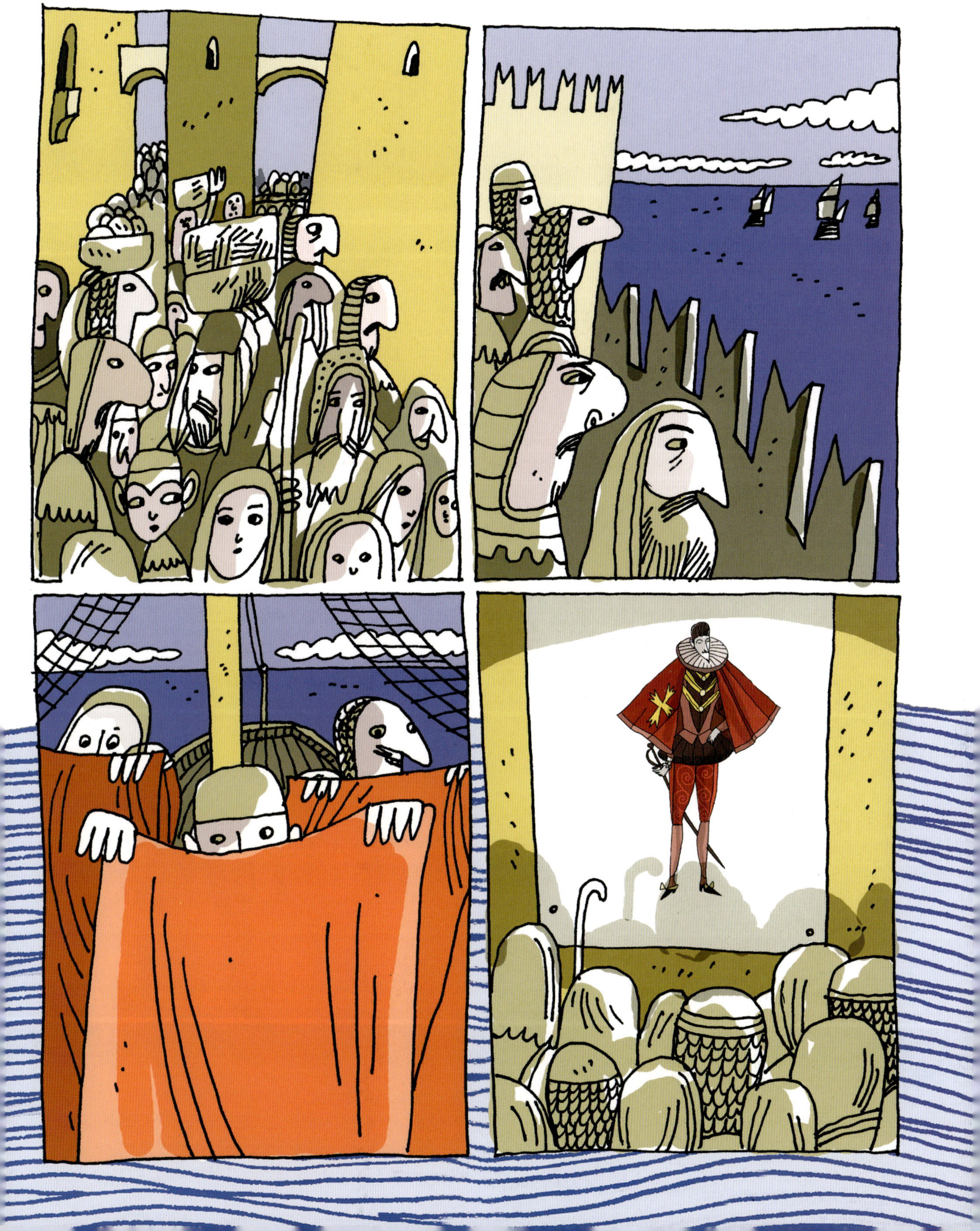

Com uma cor exclusiva para a alta nobreza, a Europa instituía o conceito de *status*... A moda começava a distinguir as classes sociais. Os primeiros VIPs não usavam crachá, usavam roupa vermelha.

Agora, imagine você no século XVI, no Reino de Dom Manoel, admirando os reis e os bispos desfilando de roupa vermelha. Aí um dia descobrem uma tinta muito mais barata e lançam no mercado um tecido vermelho igualzinho ao dos reis.

Você não ia querer? Todo o mundo quis. Foi o que aconteceu na Europa no século XVI. Virou moda...

MAS O QUE ISSO TEM A VER COM ÁRVORE?
MAIS DO QUE VOCÊ PENSA!

Foi uma árvore que trouxe a moda vermelha para a Europa no século XVI. Essa árvore vinha de umas terras recém-descobertas e logo chamou a atenção dos exploradores. Sua madeira era muito boa para a fabricação de móveis e o seu pigmento popularizou a cor vermelha nos salões europeus.

Pau-Brasil

Caesalpinia echinata

Altura | de 8 a 30 metros

Tronco | áspero e descamante, com diâmetro de 50 a 70 cm

Madeira | muito pesada, dura e resistente

Folhas | bipartidas, com comprimento de 10 a 15 cm

Flores | com 5 pétalas, 4 amarelas e 1 vermelha

Le teinturier en rouge de Nuremberg
[O tingidor do vermelho de Nuremberg]
Manuscrito dos anos 1500
Stadtbibliothek Nuremberg
Foto Lúcia Loeb
Biblioteca José e Guita Mindlin

"A cor vermelha extraída do pau-brasil é um princípio corante chamado brasilina, que é um composto associado às paredes celulares. A parede celular é como se fosse o esqueleto de um vegetal, o que confere resistência, que permite que a planta fique ereta.

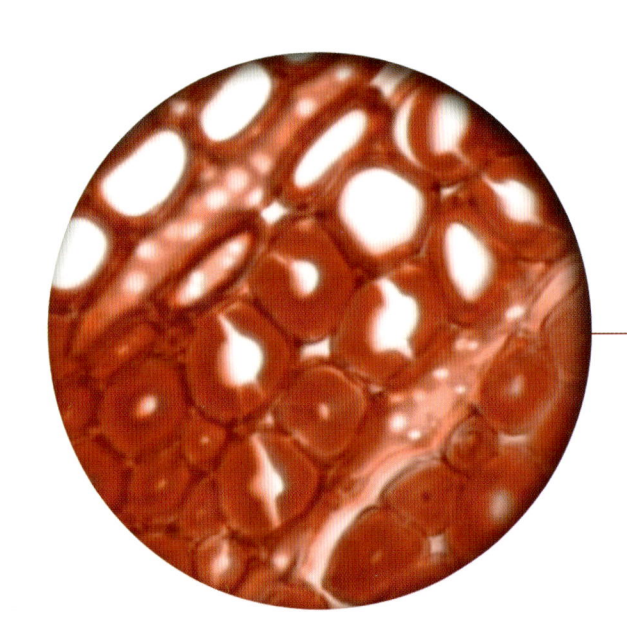

Antes do século XVI, o pau-brasil utilizado para corante não era o mesmo que temos no Brasil. Era de uma outra espécie de leguminosa originária da Ásia, mas que também produzia uma coloração semelhante. Se colocarmos um pedacinho de pau-brasil em 5 ml de soda cáustica, depois de alguns minutos a coloração obtida será de um vermelho bem vivo, é a brasilina. Mas devemos alertar que a soda cáustica, como o nome já diz, é altamente corrosiva e pode causar queimaduras graves e até cegueira. Por isso, esse experimento deve ser realizado por pessoas habilitadas.

Voltando ao pau-brasil, observando a sua estrutura num microscópio, vemos elementos arredondados e maiores, que são os vasos responsáveis por transportar a água; os menores e mais escuros são as fibras, que são responsáveis pela sustentação da planta. Os contornos vermelhos de todas as células são as paredes celulares, coradas em vermelho para ajudar na observação ao microscópio. Um pouquinho de brasilina fica em cada uma dessas paredes. O conjunto de brasilina integrado em todas as células que há na madeira de uma árvore faz a coloração, o tom natural, que extraímos com a soda cáustica."

CLAUDIA BARROS
Pesquisadora, Diretora de Pesquisas,
Instituto de Pesquisas Jardim Botânico do Rio de Janeiro

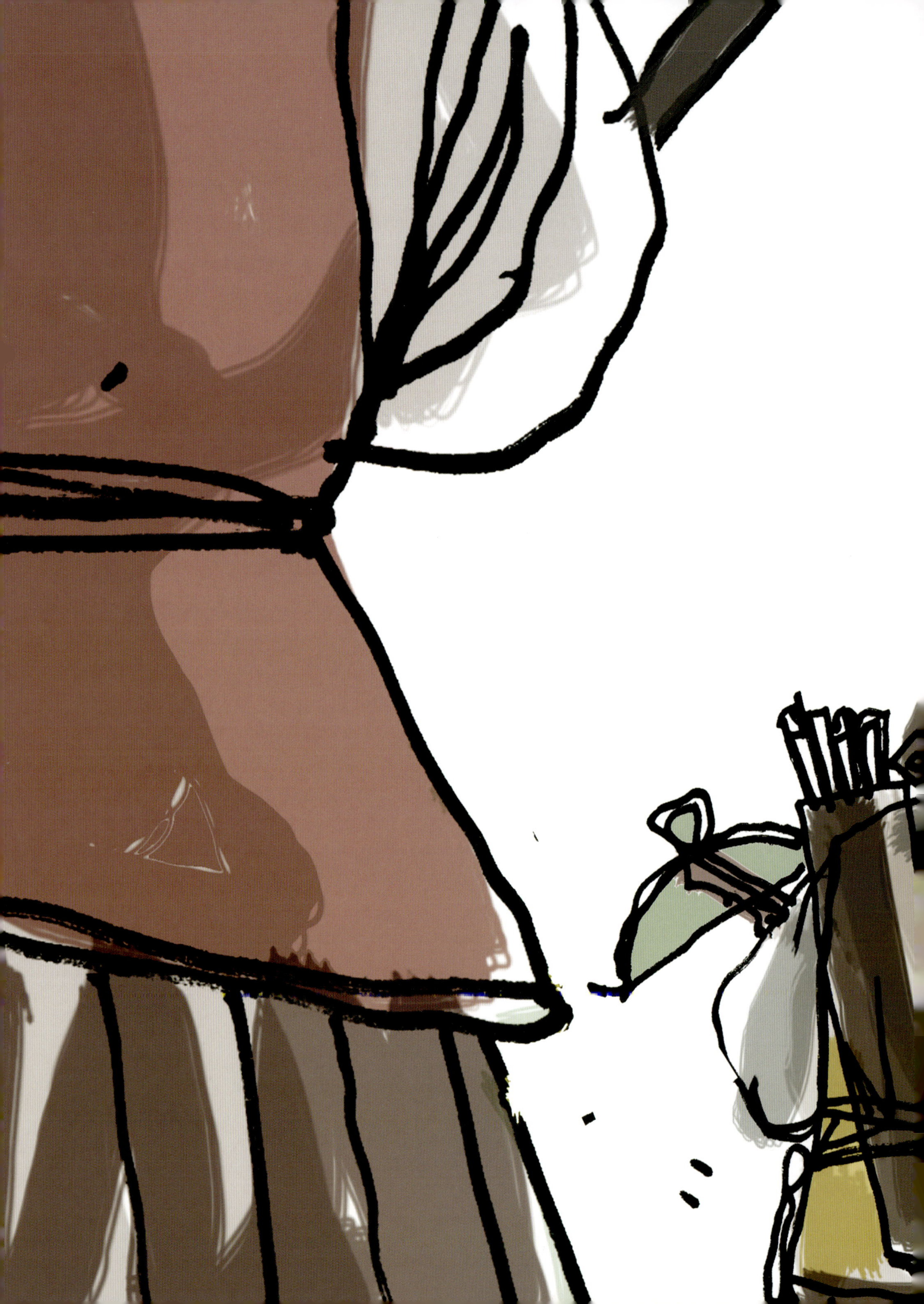

Em 1501, Américo Vespúcio, mercador e navegador italiano, que participou da expedição portuguesa para explorar o novo continente, descreveu o Brasil assim:

"Nessa costa não vimos coisa de proveito, exceto uma infinidade de árvores de pau-brasil... E visto que não encontrávamos coisa de metal algum, acordamos nos despedirmos dela..."

Nos primeiros 30 anos depois do descobrimento, o Brasil viveu exclusivamente da exploração do pau-brasil. Até esse momento a árvore foi a única coisa de valor que os portugueses encontraram aqui.

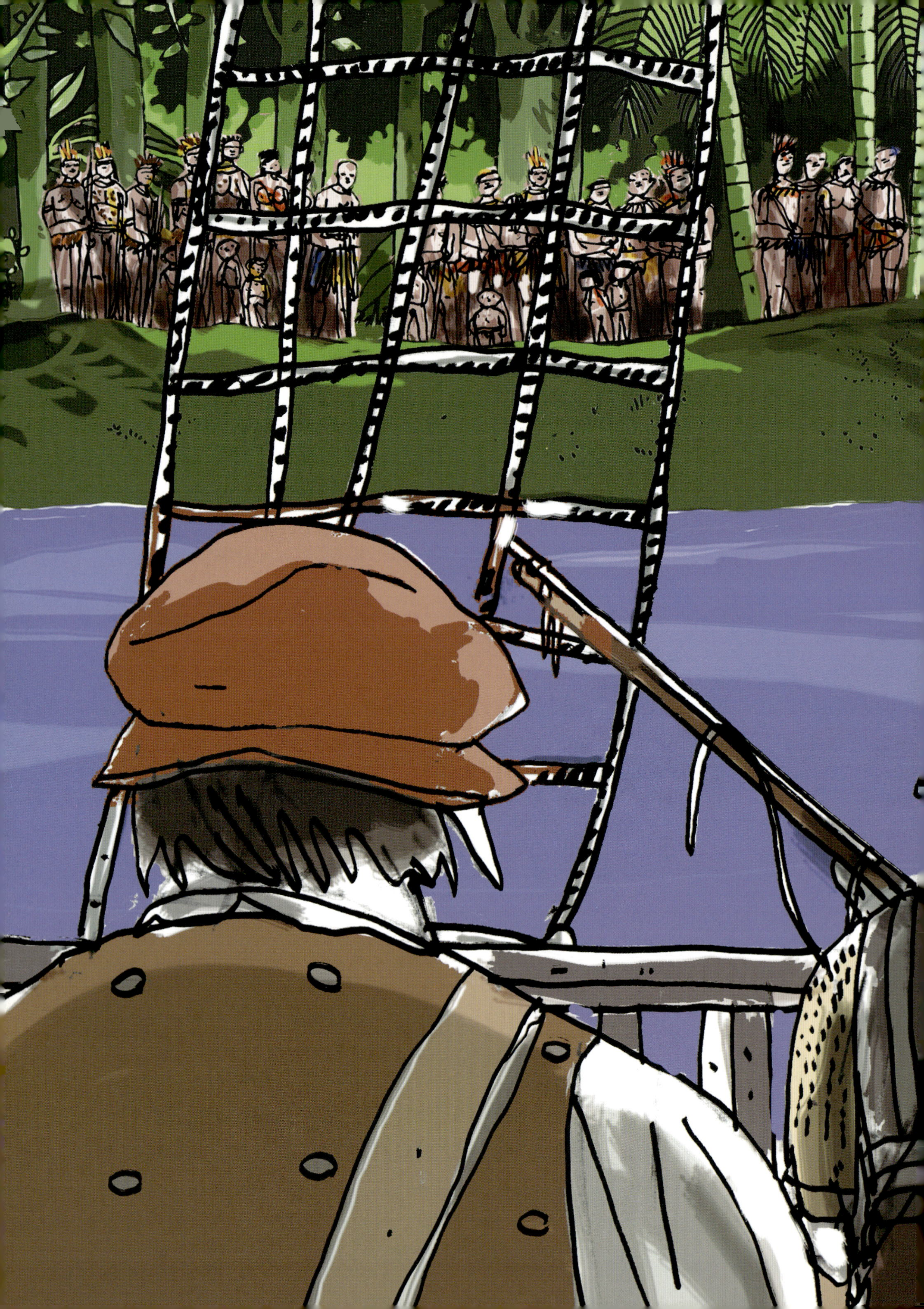

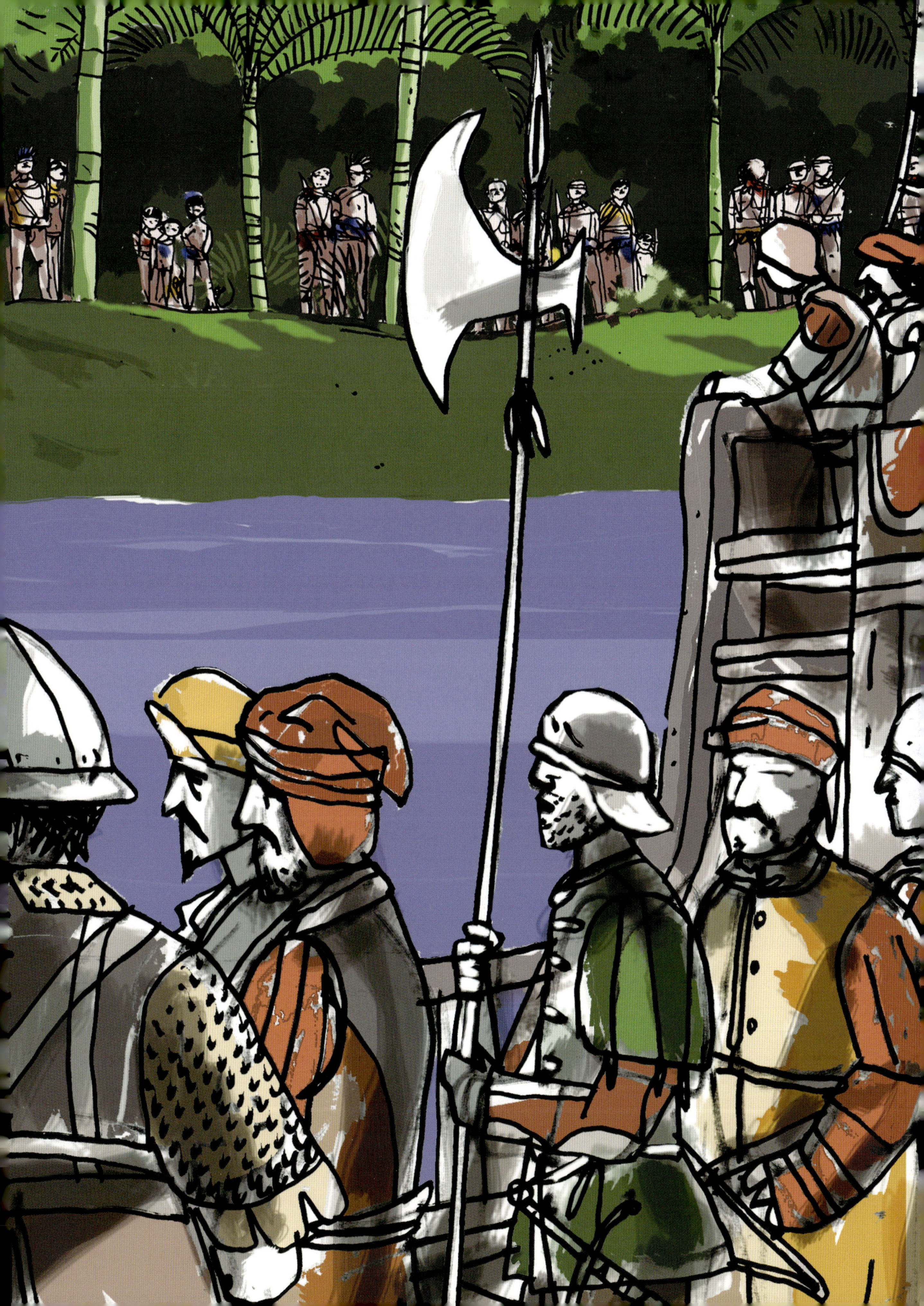

"Antenados", os índios já usavam o vermelho-brasil muito antes de ele virar moda na Europa. Na época em que era cor exclusiva de reis e papas, qualquer cunhã mais bem informada de Pindorama já tinha o seu cocar vermelho.

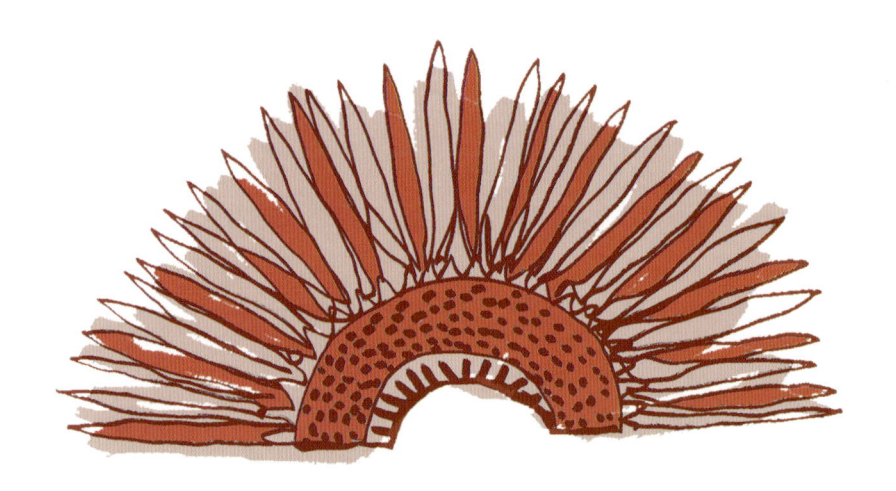

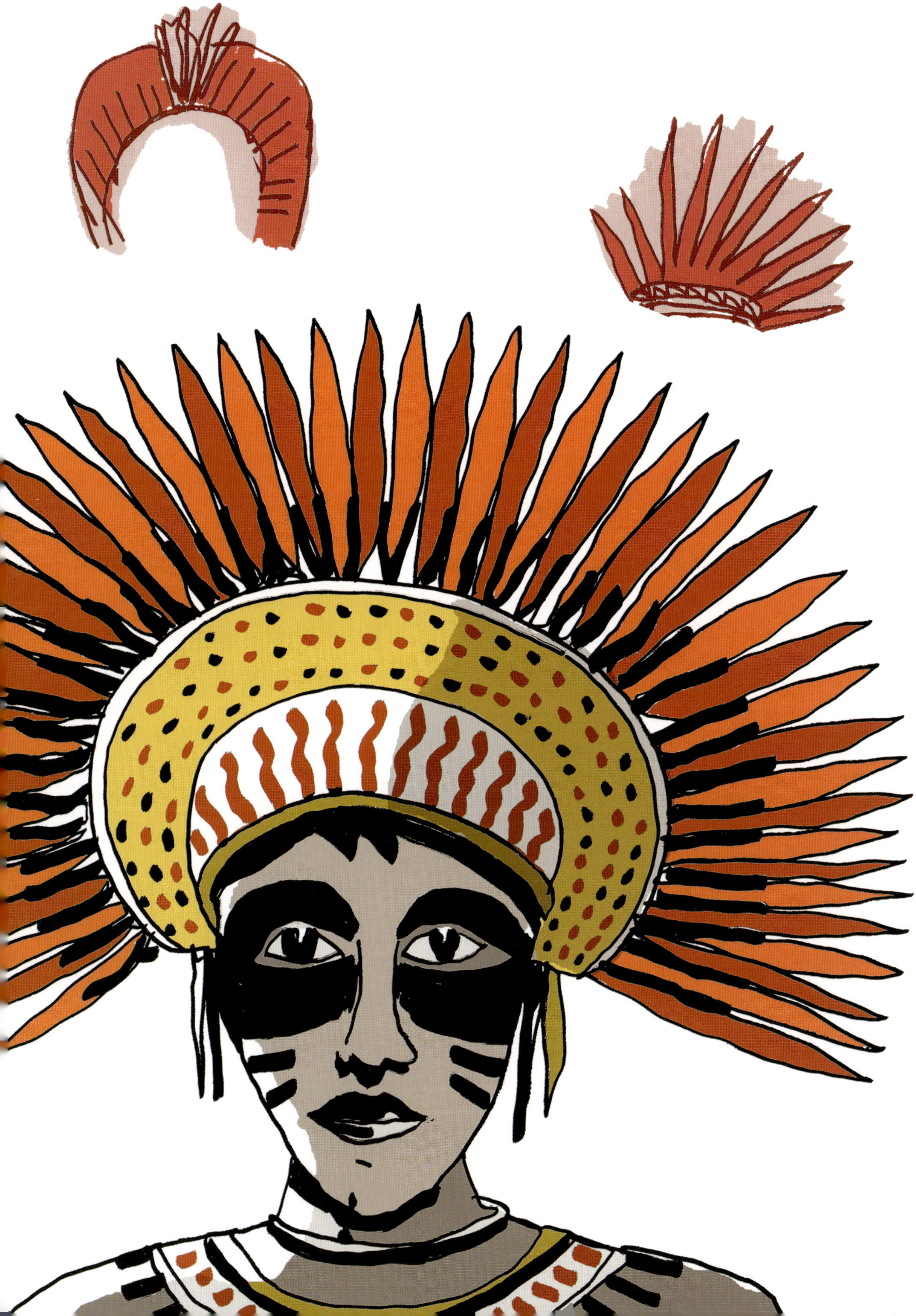

O pau-brasil virou um bom negócio. Tanto que começou a atrair piratas.

Pra garantir o controle da colônia, sem gastar nada, o rei Dom Manoel arrendou as terras para Fernando de Noronha, um milionário da época.

O pau-brasil era um bom negócio também para os índios. Em troca das árvores que derrubavam, eles recebiam machados de ferro.

Os índios passaram da Idade da Pedra para a Idade do Metal instantaneamente.

25

O resto da humanidade tinha levado milhões de anos para isso. Com um machado de pedra eles derrubavam uma árvore em 3 horas. Com o machado de metal levavam só 15 minutos. Assim podiam derrubar mais árvores e ganhar mais machados para derrubar mais árvores.

Até o final do século XVI, foram derrubados mais de dois milhões de árvores – 20 mil por ano, 50 por dia... Há quem diga que foram extraídos no total mais de 70 milhões de árvores. Não sobrou quase nada...

Sem título, 1817 | MAXIMILIAN, *Príncipe de Wied-Neuwied*
Foto Lúcia Loeb | Biblioteca José e Guita Mindlin

Você, por exemplo, já teve a oportunidade de conhecer um pé de pau-brasil pessoalmente?

Por acaso você encontra um pé de pau-brasil numa rua do Rio de Janeiro ou de Fortaleza? Antes do descobrimento, aqui era repleto de pau-brasil.

Ocorrência natural

A exploração do pau-brasil foi tão precipitada e desastrada, que em pouco tempo o rei de Portugal percebeu que ia acabar ficando sem nenhuma árvore na sua colónia.

Chegou a decretar uma lei para regularizar o corte.

"Sendo informado das muitas desordens que há no sertão do pau-brasil e na conservação dele, mandei fazer este Regimento. Toda a pessoa que tomar mais quantidade de pau-brasil do que lhe for dada licença, além de o perder para minha Fazenda, se o mais que cortar passar de 10 quintais, incorrerá em pena de 100 cruzados, e, se passar de 50 quintais, sendo peão, será açoitado e degredado por 10 anos para Angola. E, passando de 100 quintais, morrerá por ele."

Trecho extraído do Regimento do Pau-Brasil, de 12 de dezembro de 1605, baixado pelo rei Filipe II de Portugal e III da Espanha.

Derrubada, 1835 | Maurice Rugendas, *Voyage Pittoresque dans le Brésil* [Viagem pitoresca pelo Brasil] | Paris: Engelmann & Cie | Foto Lúcia Loeb | Biblioteca José e Guita Mindlin

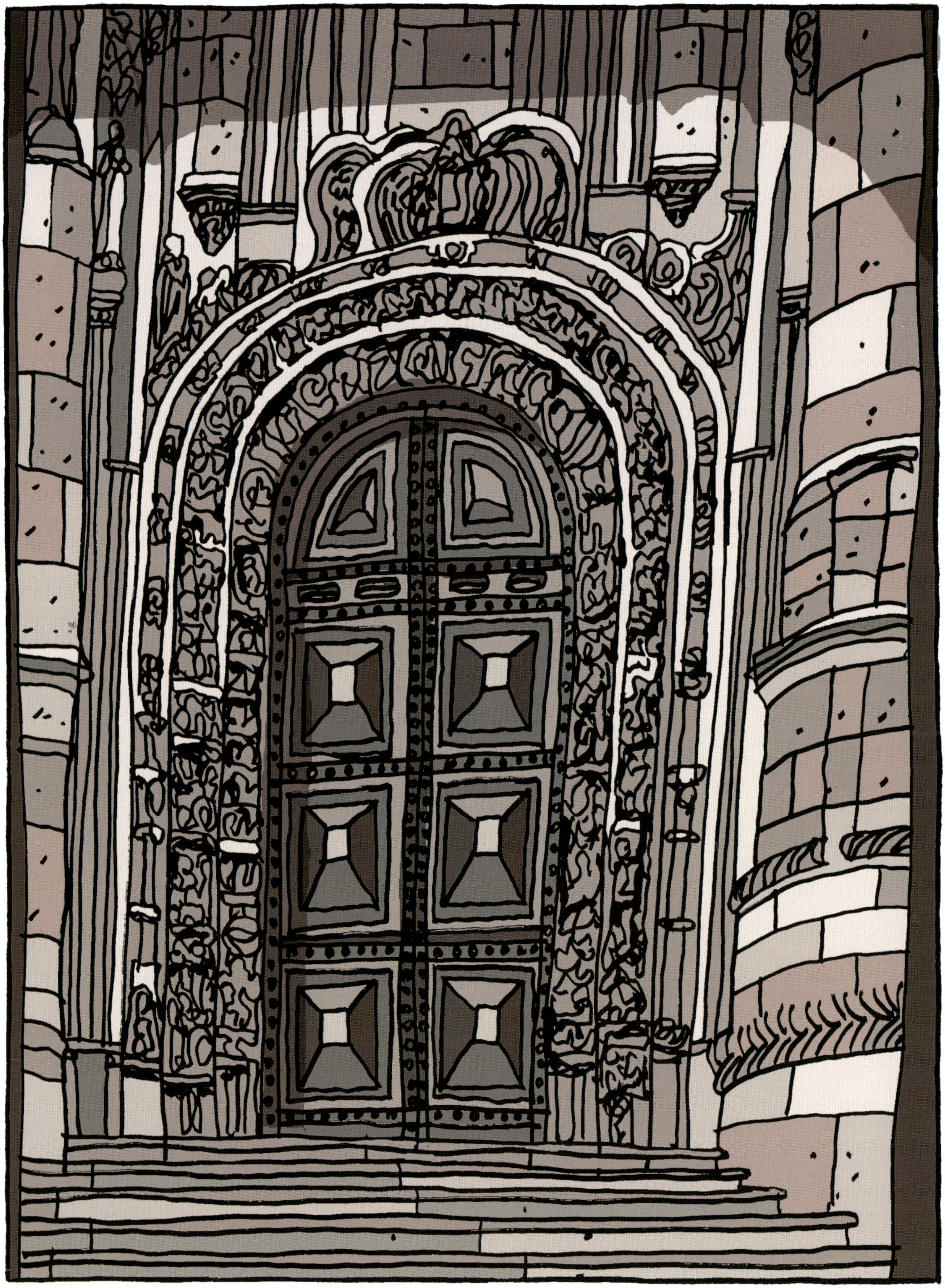

O pau-brasil não serve só para fazer tinta. É com a madeira dele que são feitos os arcos dos violinos mais famosos, das orquestras mais sofisticadas do mundo. A madeira dele, que é muito dura e pesada, também serve para fazer móveis, esculturas, portas...

Por exemplo, em Portugal, fica o quartel-general da Ordem de Cristo, antiga Ordem dos Templários, uma das mais poderosas na Idade Média. E a enorme porta que guarda esse lugar é feita de pau-brasil. Foram os descendentes dos templários que financiaram as navegações portuguesas, quando os cavaleiros de Cristo trocaram os cavalos pelos barcos. É por isso que a Cruz de Malta aparece em todas as caravelas.

Enquanto o pessoal na Europa desfilava de vermelho, aqui na Terra de Vera Cruz já estava começando a se formar uma nação de verdade. E o primeiro sinal disso foi a criação de um apelido.

Os portugueses diziam:

"Vai lá pegar os troncos de brasil", *"Vai lá pro sertão do pau-brasil..."*, *"Vai lá pro Brasil..."*

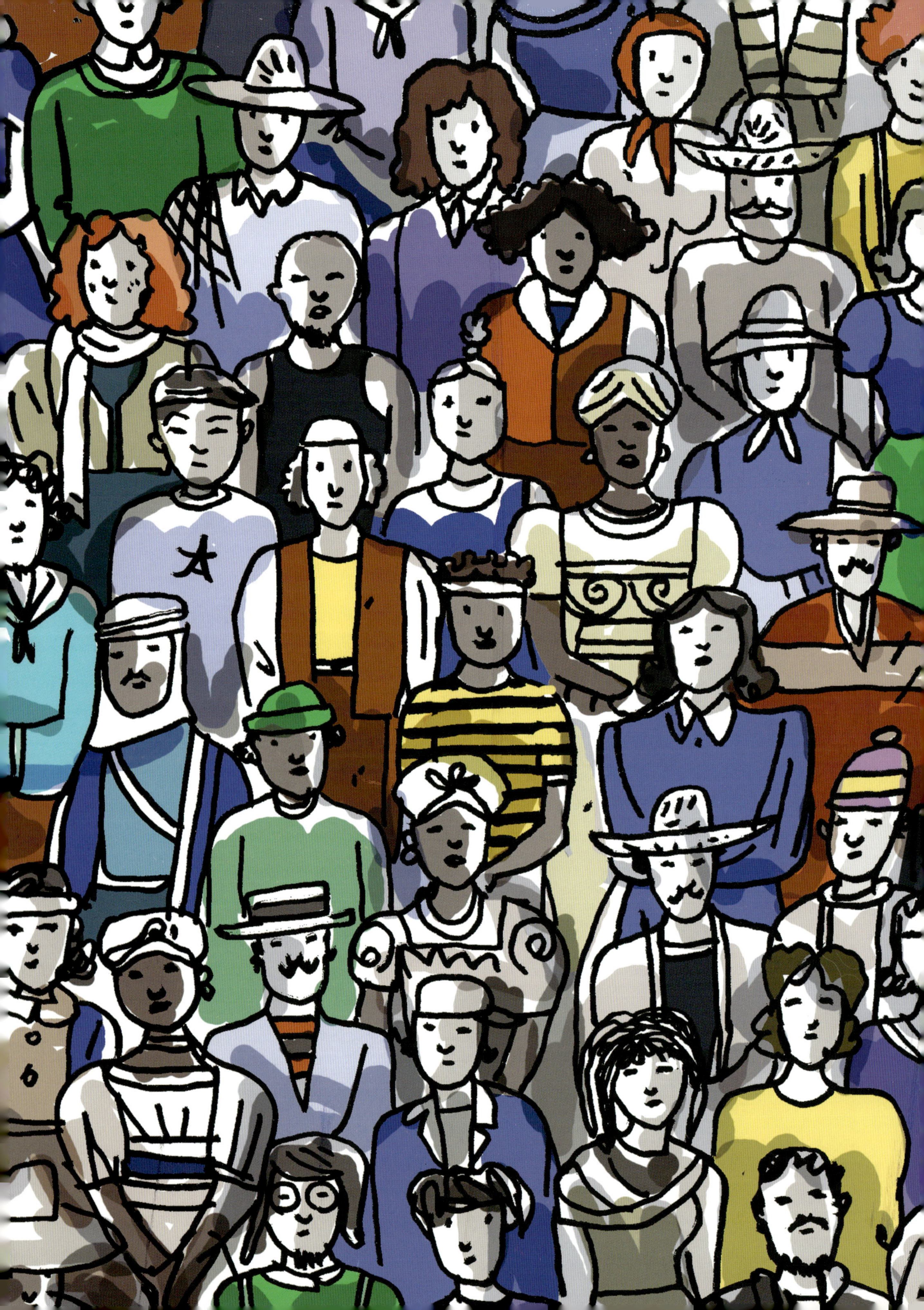

Se existem os italianos e os americanos, os canadenses e os israelenses, por que é que nós não somos brasilianos ou brasilienses? É porque nesse tal Brasil tinha essa gente que derrubava a mata e carregava as toras para os navios. Assim como os negreiros e os baleeiros da época, ou os sapateiros e os padeiros de hoje em dia, os exploradores de pau-brasil eram conhecidos como os brasileiros, e assim foi... Um apelido que vira nome de país, uma profissão que vira nacionalidade...

A moda do vermelho permaneceu por muito tempo...
Na verdade até hoje... Acontece que no século XIX
inventaram a anilina. Um novo produto, totalmente
químico, de onde se podia tirar o mesmo vermelho
do pau-brasil. Com a nova tecnologia, usar roupa tingida
com pau-brasil ficou fora de moda.

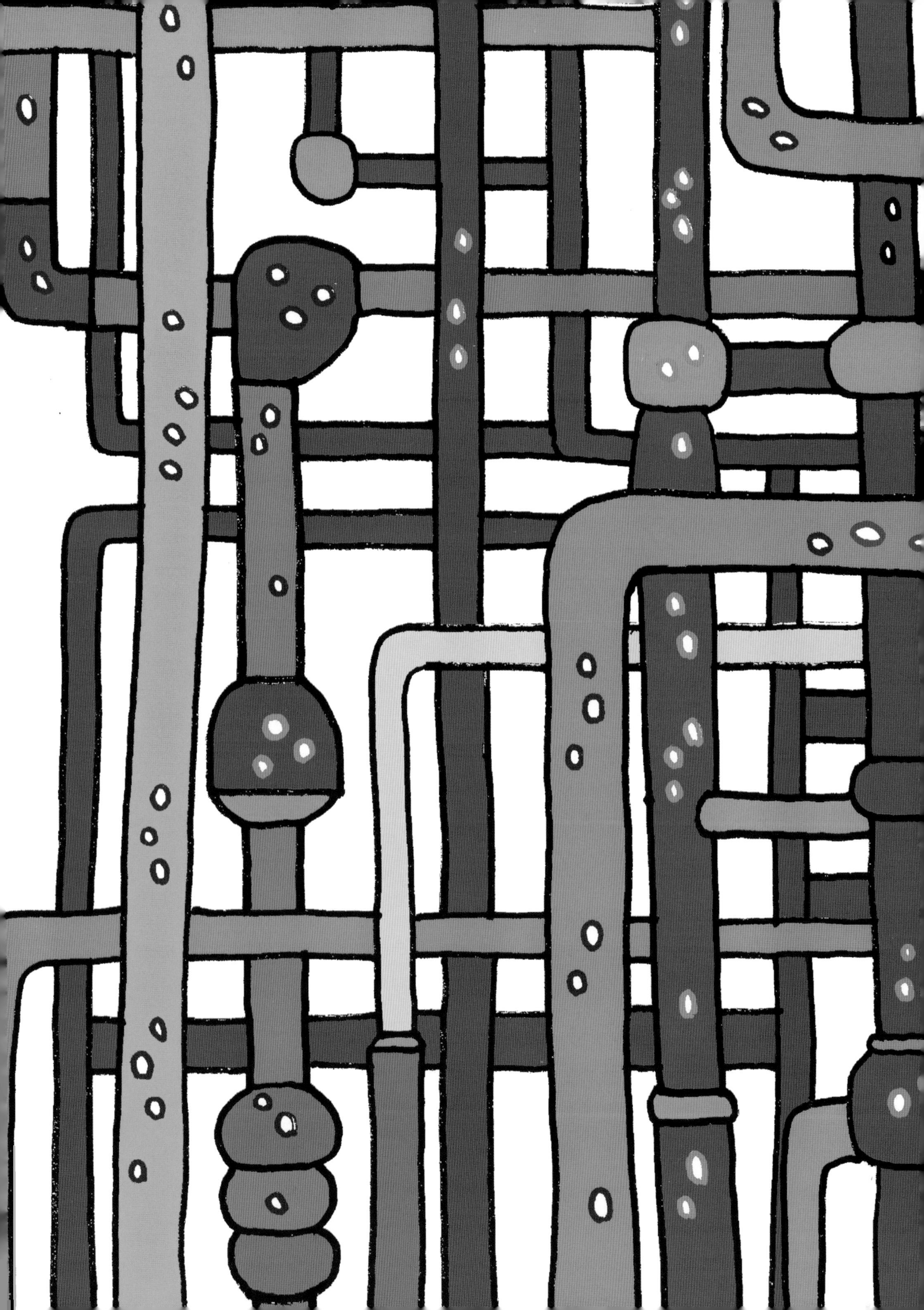

A anilina decretou o fim da exploração do pau-brasil. Mas aí já era tarde demais... Quase não existia mais a árvore nas nossas matas... E, a essa altura, o apelido já tinha pegado, todo o mundo chamava a Terra de Vera Cruz de Brasil!

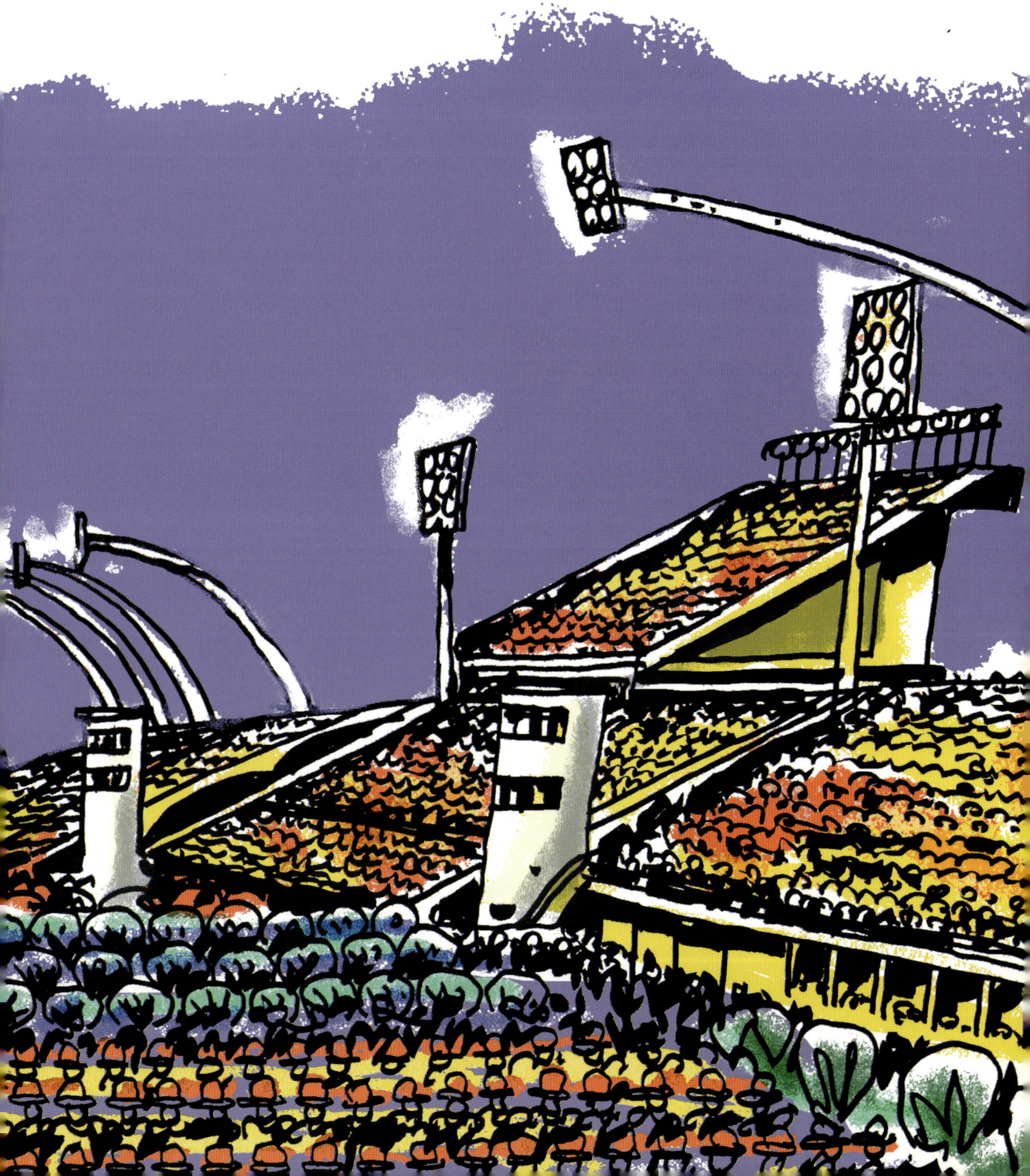

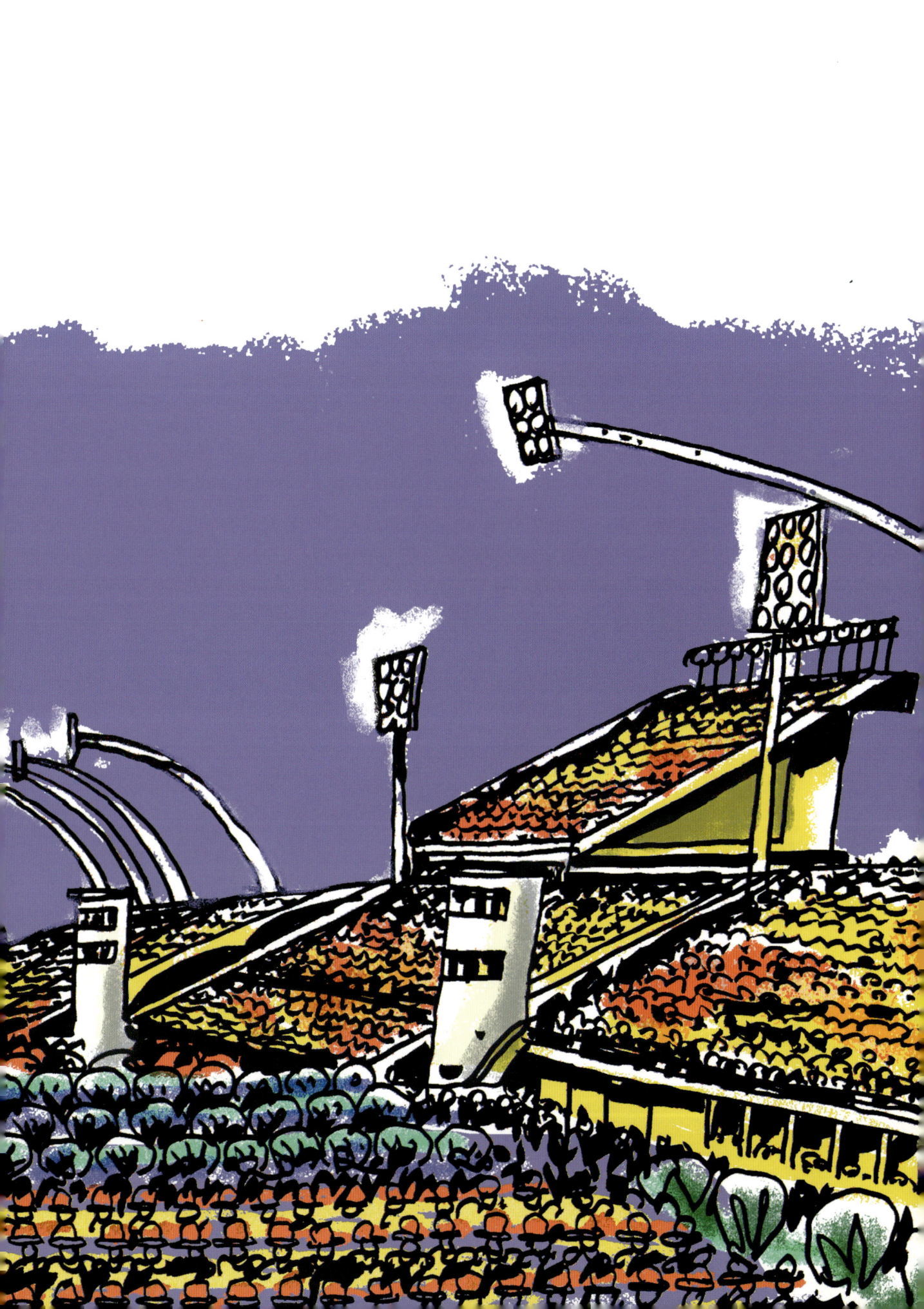

Em 1961, o presidente Jânio Quadros decretou oficialmente o pau-brasil como a árvore símbolo do Brasil. Mesmo que ninguém nunca tivesse visto uma.

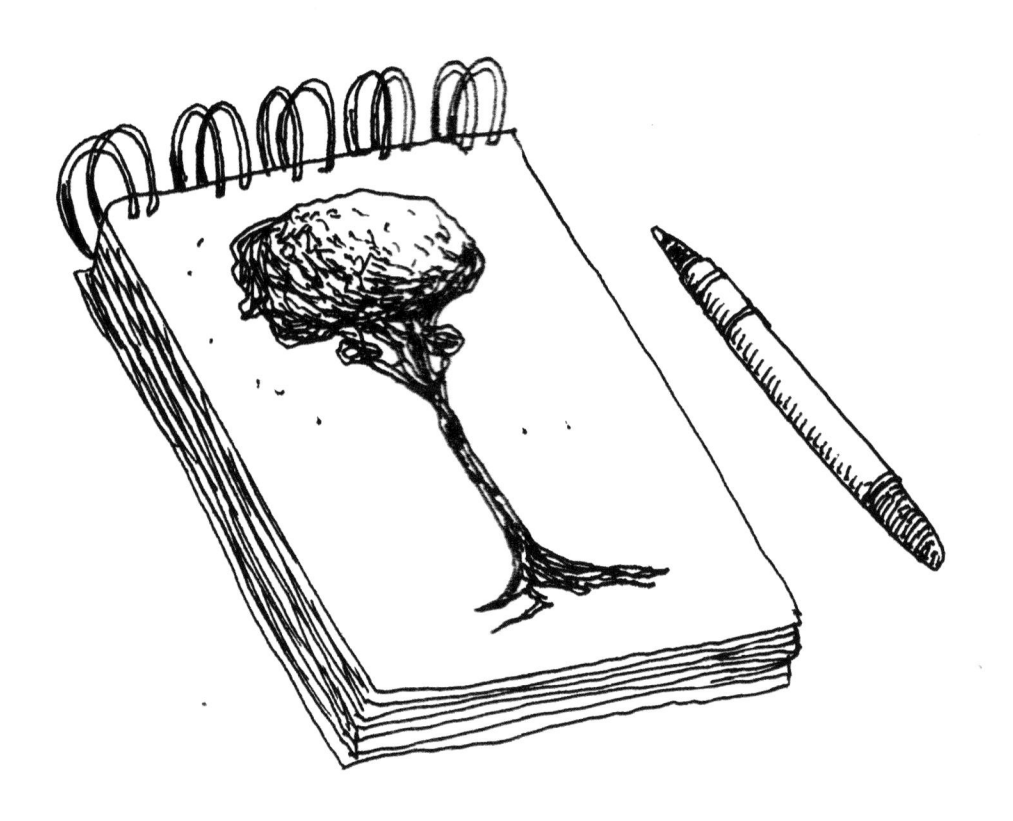

Em 2000 nos colocamos um desafio: fazer um programa de TV sobre as árvores brasileiras. Imagina as dificuldades e a complexidade de trabalhar o conteúdo botânico como entretenimento de massa!

Além de apresentar aspectos morfológicos das plantas (um dos objetivos era facilitar a identificação das espécies), o programa *Um Pé de Quê?* pretende aproximar as árvores dos espectadores através da música, culinária, história, tecnologia, antropologia... Revelar, por exemplo, o que a carnaúba tem a ver com a maneira como nossos avós ouviam música, ou perguntar "você sabe dizer o nome de dez frutos da Mata Atlântica?".

Em 2004, fizemos a primeira série totalmente dedicada a um bioma: a Amazônia. Os dados eram alarmantes e a velocidade da destruição estonteante, mas também pudemos conhecer de perto a generosidade da seringueira, da sumaúma, da tucumã e de todos os que convivem com essas árvores.

Em 2005, partimos para uma atuação mais política. Comemoramos os 18 anos da SOS Mata Atlântica com

20 programas dedicados a esse bioma, que foi por nós batizado de "mata vizinha", já que mais de 60% da população brasileira vive dentro dela. Desde então, o programa estabeleceu uma parceria com a SOS Mata Atlântica, além de outros parceiros constantes, como o Instituto Plantarum e o Jardim Botânico do Rio de Janeiro, que teve um programa dedicado aos seus 200 anos. Produzimos também, em 2006, os primeiros episódios internacionais retratando árvores africanas. No ano seguinte, a produção do programa foi reconhecida como a primeira na televisão a neutralizar todas as emissões de gases do efeito estufa em sua realização. Em 2009, ganhamos o Prêmio Reportagem sobre a Biodiversidade da Mata Atlântica. E, em 2010, lançamos uma série de programas filmada no Japão sobre a sakura, além do *site* www.umpedeque.com.br.

Hoje, sinto que conseguimos produzir um programa que, além de exercer plenamente sua vocação educacional – adotado em inúmeras escolas, universidades e instituições de pesquisa por todo o Brasil –, é um programa genuíno de entretenimento de massa. A prova disso é quando um senhor numa rua de São Paulo ou uma criança do Nordeste do país olha para Regina Casé (estrela de inúmeros outros programas da TV Globo) e diz: "Olha a mulher do *Um Pé de Quê?!*" Como eu fico feliz!

ESTEVÃO CIAVATTA

REGINA CASÉ é premiada atriz e apresentadora com uma vitoriosa carreira, iniciada em 1974 com o *Asdrúbal Trouxe o Trombone*, grupo de teatro que revolucionou não só a encenação brasileira, mas também o texto e a relação dos atores com a maneira de representar. Ela, no entanto, há muito tempo extrapolou em importância o ofício de atriz, para transitar no cenário cultural brasileiro como uma instigante cronista de seu tempo. Ainda no teatro Regina se destacou nos anos de 1990 com a peça *Nardja Zulpério*, que ficou 5 anos em cartaz. Teve ampla atuação no cinema, recebendo diversos prêmios nacionais e internacionais no filme de Andrucha Waddington, *Eu, Tu, Eles*. Na televisão, Regina marcou a história em telenovelas com sua personagem Tina Pepper em *Cambalacho*, de Silvio de Abreu. Criou e apresentou diversos programas, como *TV Pirata, Programa Legal, Na Geral, Brasil Legal, Um Pé de Quê?, Minha Periferia, Central da Periferia*, entre outros. Versátil e comunicativa, é uma mestra do improviso, além de dominar naturalmente a arte de fazer rir.

ESTEVÃO CIAVATTA é diretor, roteirista, editor, fotógrafo de cinema e TV. É sócio-fundador da produtora Pindorama. Formado em 1993 no Curso de Cinema da Universidade Federal Fluminense/RJ, tem em seu currículo a direção de algumas centenas de programas para a televisão, como os premiados *Brasil Legal, Central da Periferia* e *Um Pé de Quê?*, além dos filmes *Nelson Sargento no Morro da Mangueira* – curta-metragem sobre o sambista Nelson Sargento –, *Polícia Mineira* – média-metragem, em parceria com o Grupo Cultural AfroReggae e o Cesec – e *Programa Casé: o que a gente não inventa não existe* – documentário longa-metragem sobre a história do rádio e da televisão no Brasil.

ELOAR GUAZZELLI FILHO nasceu em Vacaria, no Rio Grande do Sul, em 1962. Mora em São Paulo e trabalha como ilustrador, quadrinista, diretor de arte para animação e *wap designer*. Além dos prêmios que ganhou como diretor de arte em diversos festivais de cinema, como os de Havana, Gramado e Brasília, também foi premiado como ilustrador nos Salões de Humor de Porto Alegre, Piracicaba, Teresina, Santos e nas Bienais de Quadrinhos do Rio de Janeiro e de Belo Horizonte. Em 2006 ganhou o 3º Concurso Folha de Ilustração e Humor, do jornal *Folha de S.Paulo*. É mestre em comunicação pela ECA (USP) e ilustrou diversos livros no Brasil e no exterior.